乳母車

亡き息子へ届ける詩集

まついりゅう子

序

絶筆となったメモ

「最後まで大切であったのは
その人が
どんな人間であるかだけ

二〇二一年一二月二四日、松井秀司」

フランクルの〝それでも人生にイエスという〟から抜粋

目次

乳母車

乳母車を押して歩いている
若い日の私

乳母車の中には
もう　子はいない
いないけれど
乳母車を押している
人影のない道

乳母車の中には
夏帽子をかぶり
水蜜桃《すいみつとう》の匂いのする
幼な子が
私にほほえむ

もう　すでに
母の日には戻れはしないのに

聖アグネス教会通りの坂を

私の内にある
乳母車を押しながら
陽ざしの下
ひとりで歩きつづける

祈り

花を生《い》けるとき
おむすびを握るとき
針を持つとき
それは
祈りのとき
手のひらを合わせるのに似ている

009　祈り

幼な子の
おむつをたたむとき
抱きあげるとき
お乳を与えるとき
それは
祈りのとき

思えば
幼な子は
神から与えられた
たまもの

私の幼な子は
神が与え　そして
取り去っていかれた

祈りは聴き入れて下さらなかった
猶予なく
取り去っていかれた

やり残した夢・希望
そして
未来をそのままに
つい、と
脇に置いたまま
死んでしまった

みどり児

こもれ陽のきらめき
ひそけき物音
風の止んだ空
流れる雲のゆくえ
夕陽の沈む光の紗《しゃ》

みどり児の
ほほえみとえくぼ

すき透る小さい爪
天使だったときの
背にある
羽のあと

こぶし

幼い子の
ふわふわのにぎりこぶし
母の背をたたく
にぎりこぶしが
心音のように響く
華奢《きゃしゃ》な体をして
春

あなたは入学する
桜ふぶきを
ランドセルの背にうけて
もう
見守ることしかできない
母の胸に
甘えん坊のあなたがたたく
こぶし
ふわふわのにぎりこぶしの音が
しみ透ってゆく

花のたね

陽の光が
透きとおり
バラ色にみえる頬《ほほ》
お乳吸うとき
見上げる
青みがかった瞳

やわらかく
はかない
ひよめきのうごき

花のたね
ひとつぶ
握ったような
こぶし

はるばると
私の元へやってきた
みどり児のうえに
愛があって
神さまがいます

聖母月《せいぼづき》

あるがままの
自然が
芽吹き花ひらく
五月は聖母月※
水晶の塔が
天をつらぬき

※　マリアさまの月

その扉が開かれて
空の鳥
野の花々が
ひそやかに会話している
気配が

かつて
産み月の
疼きと共に
胎児は

うつらうつらとした
眠りから目覚め
息吹きをあげた

花々は
天を仰いで
灯ともるように

神、
ここに在《い》ます。

と　聴こえてくるような
気がする

みどり児も
天からの贈りもの
だから
花のようにほっこり笑い
いい匂いがする

母性

人の深い眠りは
進化の過程を
序々に辿り
何もかも
癒されていくのかもしれない

胎児は

※
七億年にわたる
人の進化のプロセスを辿り
誕生するという

卵子は単細胞を示し
受胎一か月目の胎児の鰓《えら》は四億年前の魚
受胎二か月目の肺は両棲類への進化
受胎五か月目の産毛《うぶげ》・爪は爬虫類を示し
受胎七か月目に哺乳類から人へ

※　エルシスト・ヘッケルの説

そうして
たゆたいながら
母の胎に宿る以前の
私を造られた方から
大切なもの
母性を与えられてきた

目覚めてのち
まっさらなやさしさに
つつまれた

027　母性

母親という
あたらしい日が始まる

モロー反射

両手で何かを抱え込むような
乳児の動作をモロー反射という
胎児のときの
名残の反応

母体内の羊水の中で
胎児は花束を抱くように

何かに手を翳《かざ》しているように
埴輪《はにわ》の眼のような瞼をあかるませ
耳は閉ざされていても
父母の声を確かに聴き
混沌から整然へと分化し
この世に出てからの機能を準備している

透きとおったまるい
手のひらを近づけ
祈りを捧げているような

030

つつましいかたちで
母の胸に抱かれる日まで

産着《うぶぎ》を縫う

一枚のさらし布で
手のひらにのるような
産着を縫う
ややふくらんだ胸に
まっ白な産着が
ひらひら舞う

生まれてくる子は
混沌《こんとん》とした未来へと
神が
拓された　たまもの

一針一針が
祈りをつむぐ

さいわいでありますよう
健康で

034

長生きしますよう
未来が希望に満ちますよう

ガラス窓の向こうで
たえず
いちょうが舞っている

匂い菖蒲《しょうぶ》

丈高い息子が
菖蒲湯から上がって
幼子のようにクスクス笑っている
白い根元に
うっすら紅をさし
つよく匂う
菖蒲

願ったとおりの
子供に恵まれ
幸せにみちていたはずだった

しかし
息子は
まるで
敷囲《しきい》をつい、と
跨《また》ぐように

逝ってしまった

眩《まぶ》しいあこがれのように
菖蒲の匂いをつけたまま
ずんずんと
母を残して
逝ってしまった

慟哭《どうこく》

夜明け前だった
胸さわぎし身支度をした
ドアを出ると
「今、呼吸が止まりました
四時には呼吸していましたが」
と知らせが

前日「家に帰りましょうね」と伝えたのに
　わが子は
　今、天へ召された
病室で一人死へ向ったのだ
時が止まったような
夜明け前

どうして死ななければならなかったのか

三百六十五日休みをとらず
早朝から深夜まで
病棟にいて
呼吸器が外れたまま呼吸の止まった患児を助け、
外来は毎日、
主治医替えが増加しつづけ、
担当外の患児にも同じに診ていた

それなのに
なぜ、死ななければならなかったのでしょう

二〇二一年十一月十三日
痰の吸引をしようとして倒れた
もうすでに　この時
ステージⅣ
せめてステージⅢ、ステージⅡに
気付いていれば
死ぬことは避けられたでしょう
労働量や長時間勤務による
異変の可能性は
誰にも起こりうることだった

悲しみのうえに
悔しさが重石《おもし》のように加わり
溺《おぼ》れる者のように
ブク・ブクと
水泡を吐き掻《あが》く
悲しみの海へ
昼も夜もそして朝も
沈んでいく

「余命なしその時までも
医療に生き命削りて死にゆく哀れ」

天使の梯子《はしご》

海へそそぐ
川沿いに
小半時　バスに揺れている
広漠とした
天のキャンバスが
水彩の色を淡く重ねて
序々に暮れ

どこか遠くへ
私は運ばれてゆく
密雲《みつうん》の張った
透《す》き間から
光がベールのように
幾条も降りそそぎ
天から降《お》ろされた
天使の梯子のようだ

ラファエルが
トビアの道案内をしたとき※
光の梯子を降りてきたであろうか
目を凝らすと
翼をつけた名も知らない
天使たちが
梯子を昇ってゆく
まだ若い私の息子を連れていく
子に先立たれた私は

※　旧約聖書続編　トビト記

からっぽの器のような体を
やっと立ち
立ち尽くす

十五夜

野分《のわ》きめいた風が吹き
秋の匂いがする
十五夜の月を
ひとり眺める

羊水に浮かぶ
胎児のような月

051　十五夜

子のいなくなった母親
私の耳に聴こえてくるのは
※死ぬことによって
永遠の生命《いのち》へ
よみがえるのです。

亡くなった息子は
まるで　無駄死にをしたかのように
宇宙の果てに

※　フランシスコの祈り

抱かれているのだろうか

空しい
寂しい
日日を
私はどれだけ生きなくてはならないか
耳鳴りのように
壊《こわ》れて鳴りやまない
オルガンの音が
なり響く

秋の天

群青色《ぐんじょういろ》の天に
明滅してみえる
牡牛座のプレアデス
ロザリオの玉が散らばったような
ひとむれが
かがやく

記憶にある
神がヨブ※に問われたことば

君はプレアデスの鎖を結び
オリオンの結びを
解《と》くことができるか

プレアデス星群が
巧《たく》みに連結するのは
神の力であることを

※　旧約聖書　ヨブ記

ヨブに肯定させたことを

宇宙のしくみを垣間みて
私という存在は
星の瞬《またた》きのひとつにもみたないことを
知らされる

私の生涯の終りになって
我が子に先立たれた
母は

057　秋の天

天を仰ぐしかない

幼いとき
息子が弾いた
無窮動《むきゅうどう》の曲が聴こえる

我が子の名を
空しく呼んでみる
くり返し、くり返し
呼んでみる

幻日《げんじつ》

まどろみの中
随分深い森の中へ
来てしまった
見渡すと
ヒメシャラの樹が
空を覆《おお》い
白い花が瞑想するように

059　幻日

花首を持たげ
天を仰ぐと
太陽に光の暈《かさ》が重なる
幻日を見た

子に先立たれた
私は死の睡《ねむ》りを夢みていた
浅黄色《あさぎいろ》した風に吹かれながら
死へ 誘《いざな》うお方《かた》がおられる気がした

行きつく所を
探しあぐね
寂しい思いを抱きながら
幻日の下を
さ迷う

守護の天使

天使は時間と空間の間《はざま》にいるという
息子の守護の天使は
天のお父様の御前《おんまえ》に共に歩いて下さったでしょうか、
イエズスさまのお側《そば》に連れて行って下さったでしょうか、

こと絶えて
死化粧の
ういういしさと
すがしさ
遡《さかのぼ》って
生後三日目に面会した時の
面差《おもざ》しと同じだった
このとき
年とった看護師さんが
私のベッドに赤ン坊をそっと置いて

「一体、誰に似ているんでしょう
　この赤ちゃんは……」と言った
この子は別のところから私の元へやってきたと感じた

柩《ひつぎ》の中から
〝あっ、お母さん〟と言って
起き上がりそうだった
悲惨な状況の中
〝かわいいねぇ〟
〝きれいだねぇ〟

と私と妹は感嘆し
ぼく、好きな唄ですと言っていた
『主《しゅ》は水辺《みずべ》に立ち』を
二人で唄い
いつまでもそうしていたら
きっと
〃あっ、お母さん　ぼく寝てしまったよ〃
と　立ち上がる気がした

係りの方が柩を

シズシズと扉へ押していった
私も共に扉の中へ入りたかった
入る方が自然であった

確かに
守護の天使は
息子の傍《かたわ》らにいて下さった
絶望の中、
痛みの中、
無念の中、

いて下さった

誇《ほこ》れるものは

誇れるものは私の身にはない
しかし
息子は
幼い時から
小言を言わなければならないことは
なかった
躾《しつけ》をしたり

叱ったり
注意することがなかった
両親の私達が恥入るようだった
夫はよく言った
〃あなたの子はりっぱだナ……〃と
小学三年の担任は
家庭訪問の折
教務手帳を見せて
〃お母さん　優秀なお子さんです〃と
首を振りながら言われた

小学生の成績順位は信じなかった
中学の絶対評価の一番は突出したものだと
教員の私は敬意をもった
社会科発表で賞をもらい
六年生で数学コンテストでテレビの画面に映り
将棋で小さいカップや盾《たて》をもらい
バイオリンは暗譜がすぐできた
低学年から泉鏡花・三島由紀夫の作品を
よみ、私は倣って読み始めた
学業だけでなく

小学から中学まで
カギっ子やいじめられやすいお友達の傍にいた
それでも
からかう子には「やめろ」と
止めさせることができる子だった
毎日、放課後
三、四人の子が遊びにきて
自分の家のように
勝手に遊んでいたが
一緒に遊ぶわけでなく

一人で本を読んでいた
「弱い子は自分も同じだから」と
私に言った

秒針が刻むように死へ向かっている時
心ない言葉に息子は泣いた

人として恥ずべきものは
ないのに
弱い人を庇ってきたのに

報われることなく
私は神をうらんだ
異論いう人がいても母は称《たた》えましょう

医師となってから
「働くということは人より何倍も働くことです」と言い
一日十五時間、土曜・日曜・祝日・年休も
一日も休まず
外来はほぼ毎日

黒い手帳のマス目は
米粒のような字で予約の
患児の氏名が記入されていた
喜びでしていたのでしょう
休みなくても苦にならなかったのでしょう
助かった方、
助けられた方もいたはず
息子のまわりに
過重な働き方の方がおられたとすれば
息子は、こう申したはず

「あすの土曜は
私が代わりを
しますから
たまには
お休み下さい」
と
しかし
息子にはそういう機会は
全く　なかった
私は

息子の人間性を誇りとしてきた
私の無念は
〝もしも〟〝もしも〟
があれば
死なずにいられたはず
この事実は
誰もが気付くはず
このことに気が咎《とが》めない人々が
いるならば
身の毛が弥立《よだ》つのは

私だけではない
なぜ、どうして、
のありかを
跪《ひざまづ》いて
神に問いつづける
息が止まる
その日まで

「死にゆきて思いを残し
　天にありては共にと願う母の悲しみ」
（看病に来て下さるお嬢さんを心待ちにしていた）

青胡桃《あおぐるみ》

うっそうと繁った
胡桃の樹に
日ごと
明瞭になる青胡桃の
固い実

思春期の息子の

ひっそりした戸惑《とまど》いのようだ
十代の金気《かなけ》帯びた思いが
私の胸を過《よぎ》り
どうか
まっすぐ
清らかに
思春期を通りすぎるように願った
青胡桃は
やがて
撓《たわ》むように繁るだろう

そうして
息子は
きよらかで優しい人となり
医師が天職のように
水を得た魚のように……
月日は過ぎ
突然
アッ、という間に
逝ってしまった

まだ　ぬくみのある
若々しい額に手のひらを当て
「好きなんだよ」と言っていた
『使徒信条《しとしんじょう》』を
祈り始めると
固く閉じていた瞼《まぶた》が薄く開き
何かをみつめている

～今、心臓マッサージを～

と
祈りを休めず
ナースコールを探すとみあたらず
手の届かないところにからげてあった
最終の
『体《からだ》の復活、永遠《えいえん》のいのちを信じます』
と祈り終えると
静かに瞼は閉じてしまわれた

私は　悔みます
沢山の悔みを体に撓《たわ》ませながら
気付かずにごめんね
守らなくてごめんねと
謝っている

霊安室へ

その廊下は
職員の出入口へ続くらしく
朝の出勤の人々が
絶え間なく
すれ違っていく

私は

ストレッチャーに横たわる
息子と共に
その人々と
ゆき交《か》いながら
息子が
初期研修の試験に合格し
研修医として通った
この廊下を
今や
遺体となって

霊安室へ
音立てて運ばれて行く
私は
あわあわとした
悔《くや》しさで
俯し目がちに
生き生きと
足早に
すれ違う人を眺めた

息子がなぜ死ななくてはならなかったか
高齢の母である私で
よかったのではないか

息子の
魂《たましい》の悼《いた》ましさに
何か
底しれないものを
恨《うら》んだ

ゆりかごの歌

すこし微熱ある唇と
やさしく弧を描いた眉
まだ濁りを知らない
安穏な寝顔から
かすかに乳の匂いがして
消えそうで消えない
母性はめざめる

あなたが生まれた
紫色の夜明けの空が
よみがえる

たとえ
あなたの父に
誰を選んだとしても
私の胎の中では
あなたがまどろみ

栗の花の匂いのする
羊水の中で
ゆりかごの歌を聴いていたでしょう
未来は豊穣《ほうじょう》であったはず
大学院へ　留学も念頭にあり
父親が
息子へと残した
原野に病院開院も……
担当したお子様を丁寧に診たいと
亡くなる一と月前

ヴァイオリン弾きたかったなぁ
お母さんと旅行したかったね
周りの人のように海外も行きたかった……
と一人言を呟いた

まわりのようにしていれば
死なずに済んだと
私は
かわいそうで言えなかった

これを
無念と思わない母親が
いるでしょうか

もっと苦しめとばかりに
熾火《おきび》のような人の言葉に
悲しみを深める母がいる

朝に昼に
すでに

月命日を半年過ぎてなお
眼の中は涙があふれている
血の涙といっていい

息子は
潔《いさぎよ》く短い生涯を果した
汚《けが》れなく
つつましく
静かで
人にあたり散らすこと全くなかった

人にありがちな
卑怯《ひきょう》で狡《ずる》いものは
みじんも無かった
人として心の豊かな気質をもち
その豊かさゆえに
他者のためにだけ生きた

息子よ
お母さんは
いまも

ゆりかごの歌を唄いながら
あなたの
醒《さ》めることのない眠りは
どこにいったかと
たどるのです

098

答えのない問い

日暮れて
教会は
海の底のように静寂

夕のミサは
ところどころに坐る人
パイプオルガンの

フーガが響きわたり
燭台の灯るあかりは
私の内にある
亡くなった息子を照らす
私は水中で口籠《ごも》るように

なぜ、息子を
どうして、息子を
と

答えのない問いを
魚のように
大聖堂の中を回遊し尋ねた
黙示録に示される
　※磨《みが》かれた
　真鍮《しんちゅう》のように
　輝いた足

を探した

※　神を表す比喩

ミサが終り
零《こぼ》れた光を掬《すく》い
私の内《うち》にある香炉《こうろ》に入れ
息子の遺骨に注ぎ
なぜ
助けられなかったかと
永遠に
始めもなく終わりもなく
くり返すだろう

挽歌《ばんか》　最期《さいご》の言葉

死が容赦なく戸口へ来たのは梅雨の合間のうす靄《もや》の明け方でした。

前日の面会で息子は私達を認識し会話もでき「明後日は退院しますよ、家に帰りますよ」と言うと「はい」といい、顔が明るんだ。帰りたがっているのは分っていた。もしもの時は私が看取《みと》ることを約束していたが私は快復を信じていた。しかしその翌朝亡くなった。もう少し早く退院できたらと悔むしかなかった。

最後になった言葉は、「○○ちゃん（患児の名）何かあったらすぐ呼ぶんですよ、すぐ来ますからね、大丈夫ですよ、おやすみ」を前日の面会の時くり返していました。まるで絶唱のようにくり返していました。

この呼びかけは毎夜、十時半に病棟巡回し一人ひとりに声をかけていたものです。呼吸器が外れていないか、痰が詰まっていないかを確認し帰宅していました。

二月十二日から最後の入院までは高熱の時、排泄が滞る時、すべて自分でなく「〇〇ちゃんに点滴を」「〇〇ちゃんの尿検査を」と言いました。又「〇〇ちゃんのお母様に会わなくては」と支度し外へ出たりもしました。

痛い・苦しい・辛いを一言もいわず、神のみ旨《むね》を静かに受け患児の心配ばかりしていました。息が止まるまで呟いていたはずです。(頭が変になった訳ではないと強く伝えたいです)

勤務中は、『病名も原因も分らずにいる患児と、介護と看病を生涯しなくてはならない親御さんに、現代の医学をもって調べ治療法を探索するのが医師の責任です』と申してその為に専門医取得に向け当直の深夜のみ論文等の勉強をしていました。私はこの努力をつぶさに知っていました。指導教授なく、勉強の時間も公《おおや》けにはないのに、小児科専門医と小児神経専門医を取得し、病名を解析した方々はいました。今回も院内で倒れた時はM君の「遺伝子解析《かいせき》の同意」までこぎつけ、もう少しのところ迄《まで》きていてご両親様とお話しなくてはならなかったのに、とうとう会う手引もなく終えました。息子は、自分の手柄《てがら》としたかったわけではありません。そういう卑劣さはない。よりよい方へ進めてほしかったのです。O大の研究機関のM先生にもコンタクトもとれず死にました。私はせめて最後に、M君の治療方針に光さし希望がもてるまでかかわらせてあげたかったです。本人もそう考えていたでしょう。唯一の嘆きの言葉は、「あと三年、いや、一年でもいい、生きたい」と。私は八つ裂《やざ》きになるように辛かったです。

死んだあと、すぐにこの専門医を取消手続され、私は期限までそのままにしておいて欲しかった。まるで個人として資格取得したと同じだった。病院のホームページにも〝専門医〟として掲載なく〝何故資格をのせられないのか〟と聞くと、息子は言った。

「目立たなくしていることなんです」と。私は、この職場は息子を無関心に扱っていると解釈し、辞めさせたいと思った。死なせてしまい一層、辞めるべきだったと私共は悔んでいる。

死なくてもよかったのだと。

寝た切りでも希望はあったのだと。

自分の手の平《ひら》はよく知っているように子供のことは、母はわが事《こと》のように分かるものです。
息子は無念だったはずです。
この無念を、〝わがこと〟として考えた人はいたのでしょうか。
私はいない……と断言いたします。
息子は不運《ふうん》だったのです。

「生《う》み育て
　愛と善業で医師として
　　気高《けだか》く死にし
　　　骨片掬《こっぺんすく》う」

風船

景品で貰った水色の風船
手から離れて空へ
三歳の息子は
風船に両手を挙《あ》げ
取りに行くと泣き
空へ行くといって泣いた

風船は
高峯《たかみね》山の青く澄んだ
空へ
山並の向こうへ
まっすぐ高みへと
やがて
空の色に混《まざ》って
見えなくなった

母は

幼いときの
ひとこまの情景が
水色の風船のゆくえと
あどけない様子を
折々に
目に浮かび
思いに耽《ふけ》ることがあった

夢の中のできごとのように
病いに向い

最期《さいご》のとき
この情景を思い出し
きっと
水色の風船を取りに
空の彼方へ行ったのだと
母は思いたい
まるで
三歳のときのまま
この別離を知っていたかのように

秀ちゃん先生へ

神様　どうか　あと三年、五十歳までながらえることをお許しください。

秀ちゃんは四十七歳で亡くなりました。

病院での過重な労働が秀ちゃんの身体を蝕んだのだと、私にはそう思えます。盆や暮れの休みを返上して、医師としての仕事をつづける姿を見て、同じ空間にいた同僚や上司達は異変を感じなかったのでしょうか。少しでも、秀ちゃんを労る者がいれば、働きすぎを防ぐような思いやりの言葉かけがあれば、救われた命があることを知ってほしいのです。

秀ちゃんに、一日でもよいから休みの日が与えられていれば、秀ちゃんは寝転がって読書をしたり、好きな音楽を聴いたり、またはプロ野球を観戦して声援を送ったりしたことでしょう。そのような日があったならば、残酷な別れは無かったのだと思えてなりません。

秀ちゃんは、小児科専門医として、小児神経専門医と小児神経認定指導医の資格を取得し、日々研鑽を積む途上でした。毎日、患児さんたちと向き合い、優しい笑顔と励ましの言葉をかけ、自らの命を費やして、来る日も来る日も支え続けました。その日々はもう戻ってきませんが、患児さんたち一人ひとりの心の中に、秀ちゃん先生はこれからも生き続けてくれると、信じています。

最期まで秀ちゃんは、家族のことを気にかけていました。

お別れの病室で、私は、秀ちゃんの柔らかい温もりを少しでも長く感じていたくて、背中をさすりました。そのときの感触、温もりは今でも手に残っています。

秀ちゃん、ありがとう。

秀ちゃん先生のことは、いつまでも私の誇りです。

叔母　栄子

あとがき

まついりゅう子

この詩集の出版にあたり、丸善プラネット株式会社の野邉真実様に御礼申し上げます。

拙《つたな》い詩をもって四十七歳で亡くなった息子を称《たた》えたいという私の意向を汲んで下さいましたこと感謝申し上げます。

ありがとうございました。

息子の発症から死に至るまで原初《げんしょ》からの波に呑まれるかのように刻々と死へ流されました。

その中で主治医の橋本先生は、息子を医師として尊重し薬も息子の望むように、余命も決して仰らず、検査結果の画像も見せないようになさいました。私が大泣きすると、先生も泣かれました。死刑宣告のような物言《ものいい》を仰らなかったのは先生だけでした。

私は、医師としてのあるべき姿勢に尊敬いたしました。息子も信頼を寄せ頼りにしておりました。

橋本先生、心から御礼申し上げます。

『追悼ミサ』の折に、神戸からご司式にお出まし下さいました英神父様はミサのお説教の中で息子のためお話下さいましたことをことわりなく記させて頂きます。

「～前略～かなりの激務を忠実に、真実を働き、真実の中で生きたのは愛をもって生きた。

子どもを愛したのは彼の心に叶った彼の生き方、自分の仕事に忠実だった。自分の病気ではなく、〝○○ちゃん大丈夫か〞と自分の仕事に忠実だった。

～中略～

自分の苦しみを受け入れ最後まで彼が捧げた十字架の苦しみのいのちは無駄には終らない。
辛い持ちきれない気持を神に捧げ、
天において　永遠のいのちを　喜んで
受けていられる。」
と仰って下さいました。天へ旅立った息子への光栄な 餞《はなむけ》 とさせて戴きます。
ありがとうございました。
どれ程心にかけていたか解らない患児のお子様たち、そしてお母様方、

きっと息子は天からいつも◯◯ちゃん！　と案じて祈っておりますよ
どうぞおすこやかにいて下さいませ。

最後に

千尾さん、永里子さん、ミサのお手伝いとその後の細やかなご配慮の数々に私と妹は心から伏して御礼申し上げます。

まついりゅう子

二〇二三年二月一三日

乳母車　亡き息子に届ける詩集

二〇二三年五月三〇日　初版発行

著作者　松井隆子

発行所　丸善プラネット株式会社
〒一〇一-〇〇五一
東京都千代田区神田神保町二-一七
電話〇三-三五一二-八五一六
https://maruzenplanet.hondana.jp/

発売所　丸善出版株式会社
〒一〇一-〇〇五一
東京都千代田区神田神保町二-一七
電話〇三-三五一二-三二五六
https://www.maruzen-publishing.co.jp/

印刷・製本　富士美術印刷株式会社

ISBN 978-4-86345-544-3 C0095